Diese 1931 erschienene, bisher nicht ins Deutsche übersetzte Erzählung von Edith Wharton, eine ihrer sogenannten ›Geistergeschichten‹, handelt von einer Serie geheimnisvoller Briefe – immer gleich aussehend und von derselben Hand geschrieben –, die im Eheleben der erst seit kurzem verheirateten Ashbys eine schicksalhaft-unheilvolle Rolle spielen. Eine Reise scheint die einzige Möglichkeit, diesen ominösen Briefen zu entrinnen.
Die Meisterschaft dieser Erzählung und die Subtilität der Schilderung, wie das Übernatürliche fast unmerklich in die Alltagswirklichkeit eindringt und diese zuletzt vollends mit seinem heimlichen Schrecken überzieht, zeigen Edith Wharton als würdige Repräsentantin der ›Geistergeschichte‹ zwischen Henry James und Daphne Du Maurier.

Edith Wharton, »die große alte Dame der amerikanischen Literatur« (Gore Vidal), wurde 1862 als Tochter aus alter reicher Familie in New York geboren. Sie genoß eine vornehme Erziehung, zu der längere Auslandsaufenthalte und Reisen in großem Stile gehörten. Von 1906 an lebte sie fast ständig in Frankreich. Sie schrieb Romane, Reisebücher, Essays und zahlreiche Erzählungen. Als ihr Hauptwerk gilt der Roman ›Zeit der Unschuld‹ (1920), für den sie mit dem Pulitzer-Preis ausgezeichnet wurde.
Edith Wharton starb 1937 in St. Bricesous-Forêt (Frankreich).

Erzähler-Bibliothek

Edith Wharton

Granatapfelkerne

Erzählung

Aus dem Amerikanischen von
Stefanie Schaffer-de Vries

Fischer
Taschenbuch
Verlag

Veröffentlicht im Fischer Taschenbuch Verlag GmbH,
Frankfurt am Main, August 1990

Die amerikanische Originalausgabe
erschien unter dem Titel ›Pomegranate Seed‹
in Buchform erstmals 1931 bei Curtis Publishing Company.
Für die deutsche Übersetzung von Stefanie Schaffer-de Vries:

Umschlaggestaltung: Hans-Georg Pospischil
und Alfons Holgreve
Satz: Fotosatz Otto Gutfreund, Darmstadt
Druck und Bindung: Clausen & Bosse, Leck
Printed in Germay
ISBN 3-596-10180-8

Granatapfelkerne

Persephone, die Tochter Demeters, der Göttin der Fruchtbarkeit, wurde von Pluto, dem Gott der Unterwelt, in den Hades entführt. Demeter bat Jupiter einzugreifen, und er erfüllte ihren Wunsch. Persephone aber hatte im Hades einige Granatapfelkerne gegessen und damit ihren Schwur der Enthaltsamkeit gebrochen, weshalb sie jedes Jahr eine gewisse Anzahl von Monaten – vorwiegend die Wintermonate – bei Pluto verbringen mußte.

I

Charlotte Ashby hielt auf der Stufe zu ihrer Haustür inne. Die Dämmerung hatte sich über das Leuchten des Märznachmittags gesenkt, und das Quietschen und Kreischen des Verkehrslärms in den Straßen der City war auf seinem Höhepunkt. Sie wandte ihm den Rücken zu und blieb einen Augenblick in dem altmodischen, mit Marmorfliesen ausgelegten Vestibül stehen, ehe sie den Schlüssel ins Schlüsselloch steckte. Die gerafften Gardinen vor den Fensterscheiben der Innentür dämpften das Licht im Raum zu einem warmen Dämmerdunkel, in dem keine Einzelheiten zu erkennen waren. Es war die Stunde, zu der sie in den ersten Monaten ihrer Ehe mit Kenneth Ashby am liebsten heimgekehrt war in dieses ruhige Haus in einer längst von Geschäften und Mode verlassenen Straße. Der Kontrast zwischen dem seelenlosen Lärm New Yorks mit seinem erdrückenden Lichterglanz, der beklemmenden Beengtheit seiner übervollen Straßen, Häuser, Leben und Herzen und diesem verhangenen Heiligtum, das sie Heim nannte, berührte sie stets zutiefst. Hier hatte sie im Zentrum des Hurrikans ihre Insel gefunden – oder zu finden geglaubt. Und nun, in den vergangenen Monaten, war alles anders geworden, und jedesmal zögerte sie auf der Türschwelle und mußte sich zum Eintreten zwingen.

Während sie dort stand, rief sie sich das Innere des Hauses vor Augen: die Halle mit den alten Stichen an den Wänden, die leiterartige Treppe und auf der linken Seite die lange, schon etwas schäbige Bibliothek ihres Mannes voller Bücher, Pfeifen und abgenutzter Lehnsessel, die zum Meditieren einluden. Wie hatte sie diesen Raum geliebt! Und im Obergeschoß ihr eigenes Zimmer, in dem seit dem Tod von Kenneths erster Frau weder an den Möbeln noch an den Tapeten und Vorhängen etwas verändert worden war, weil nie genügend Geld dagewesen war; trotzdem hatte Charlotte den Raum zu ihrem eigenen gemacht, indem sie die Möbel ein wenig verrückt und ein paar neue Bücher hingestellt hatte, eine neue Lampe, einen Tisch für die neuen Zeitschriften. Sogar bei ihrem einzigen Besuch bei der ersten Mrs. Ashby – einer distanzierten, ichbezogenen Frau, die sie nur sehr flüchtig gekannt hatte – hatte sie sich mit einem Gefühl unschuldigen Neids umgesehen, denn genauso hätte sie sich ihren eigenen Salon gewünscht. Und nun war es seit mehr als einem Jahr der ihre und sie konnte damit tun, was ihr gefiel. Es war der Raum, zu dem sie an Wintertagen bei Einbruch der Dunkelheit zurückeilte, am Kamin saß und las, an dem hübschen, geräumigen Schreibtisch Briefe beantwortete oder die Aufgaben ihrer Stiefkinder durchsah, bis sie die Schritte ihres Mannes hörte.

Manchmal kamen Freunde vorbei; manchmal – öfter – war sie allein; und das war ihr das liebste, denn es war eine andere Art, mit Kenneth beisammen zu sein, nachzudenken über das, was er gesagt hatte, als sie am Morgen auseinandergegangen waren, sich vorzustellen, was er sagen würde, wenn er die Treppen heraufgesprungen käme, sie allein vorfände und sie in die Arme schließen würde.

Nun aber dachte sie an nichts von alledem, sie dachte nur an eines – an den Brief, den sie vielleicht, vielleicht auch nicht, auf dem Tisch in der Halle vorfinden würde. Solange sie sich nicht vergewissert hatte, ob er da war oder nicht, war für nichts anderes Platz in ihrem Kopf.

Der Brief sah immer gleich aus – ein rechteckiger grauer Umschlag, auf dem in kühnen, aber blassen Buchstaben »Kenneth Ashby, Esquire« stand. Vom ersten Augenblick an war es Charlotte seltsam erschienen, daß jemand, der eine so energische Handschrift hatte, mit so geringem Druck schrieb. Die Schrift sah immer aus, als wäre nicht genügend Tinte in der Feder gewesen oder die Hand des Schreibers zu schwach, um die Feder richtig aufs Papier zu drücken. Eine weitere Seltsamkeit war die Tatsache, daß diese Schrift trotz ihres männlichen Schwungs so offenkundig weiblich war. Manche Handschriften sind geschlechtslos, manche auf den ersten Blick männlich; die Schrift auf dem grauen Umschlag war bei aller Kraft und Selbstsicherheit ohne jeden Zweifel die Schrift einer Frau. Der Umschlag trug stets nur den Namen des Empfängers, sonst nichts; keine Marke, keine Anschrift. Vermutlich wurde der Brief persönlich zugestellt – aber von wem? Gewiß steckte ihn jemand in den Briefkasten, von wo das Stubenmädchen ihn herausholte, wenn es die Rolläden herunterließ und die Lichter anmachte. Jedenfalls war es immer am Abend, nach Einbruch der Dunkelheit, daß

Charlotte ihn auf dem Tisch liegen sah. Wenn sie an den Brief dachte, dachte sie immer an »ihn«, im Singular, weil die Briefe, obwohl seit ihrer Hochzeit mit Kenneth schon einige davon gekommen waren – sieben, um genau zu sein –, einander so ähnlich waren, daß sie in ihren Gedanken zu einem verschmolzen waren, zu »ihm«.

Der erste war am Tag nach ihrer Rückkehr von den Flitterwochen gekommen – einer längeren Reise zu den Westindischen Inseln, von der sie nach mehr als zwei Monaten Abwesenheit nach New York zurückgekehrt waren. Als sie spät an diesem Abend mit ihrem Mann das Haus betreten hatte – sie waren bei seiner Mutter zum Abendessen gewesen –, hatte sie den grauen Umschlag ganz allein auf dem Tisch in der Halle liegen sehen. Ihr Blick fiel darauf, bevor Kenneth ihn sah, und ihr erster Gedanke war: »Komisch, diese Schrift habe ich doch schon gesehen«, aber sie wußte nicht mehr wo. Die Erinnerung war gerade stark genug, daß sie die Schrift jedesmal erkannte, wenn sie ihr in blassen Zügen von einem dieser stets gleichen blassen Umschläge entgegensah. An diesem ersten Tag aber hätte sie keinen weiteren Gedanken an den Brief verschwendet, hätte sie nicht zufällig gerade ihren Mann angesehen, als sein Blick darauf fiel. Es ging alles in Sekundenschnelle – wie er den Brief sah, die Hand danach ausstreckte, ihn zu den kurzsichtigen Augen hob, um die blasse Schrift zu entziffern, dann abrupt den Arm aus Charlottes Arm zog und zur Deckenlampe hinüberging, den Rücken ihr zugewandt. Sie hatte gewartet – auf irgendeinen Laut, einen Ausruf; hatte gewartet, daß er den Brief öffne; aber er hatte ihn wortlos in die Tasche gesteckt und war ihr in die Bibliothek gefolgt. Und dort hatten sie sich an den Kamin gesetzt, sich ihre Zigaretten angezündet, und er hatte geschwiegen, den Kopf nachdenklich zurückgelehnt, den Blick starr auf den Kamin gerichtet, dann war er sich mit der Hand über die Stirn gefahren und hatte gesagt: »War es nicht ungewöhnlich heiß heute abend bei meiner Mutter? Ich habe einen Kopf zum Zerspringen. Würde es dir etwas ausmachen, wenn ich zu Bett gehe?«

Das war das erste Mal gewesen. Seither war Charlotte nie dabeigewesen, wenn er den Brief empfangen hatte. Er traf gewöhnlich ein, bevor Kenneth vom Büro heimkam, und Charlotte mußte hinaufgehen und ihn dort liegenlassen. Aber auch wenn sie ihn nicht gesehen hätte, hätte sie gewußt, daß er gekommen war; sie hätte es an seinem veränderten Gesicht erkannt, wenn er dann zu ihr kam – was er an diesen Abenden selten tat, bevor sie sich zum Abendessen trafen. Was immer der Brief enthielt, ganz offenkundig wollte er allein sein, wenn er sich mit ihm befaßte. Und wenn er dann wieder auftauchte, sah er Jahre älter aus, leblos und mutlos, und war sich ihrer Gegenwart kaum bewußt. Manchmal schwieg er dann den ganzen Abend; und wenn er etwas sagte, waren es gewöhnlich ein paar kritische Bemerkungen über ihre Haushaltsführung, irgendwelche Änderungsvorschläge, was die Dienstboten betraf, die leicht gereizte Frage, ob sie nicht fände, daß Joyces Kinderfräulein ziemlich jung und leichtfertig sei, oder ob sie wohl stets darauf achte, daß Peter – der einen empfindlichen Hals hatte – warm angezogen war, wenn er zur Schule ging. In solchen Augenblicken dachte Charlotte an die freundlichen Warnungen, die ihr erteilt worden waren, als sie sich mit Kenneth Ashby verlobt hatte. »Einen Witwer mit gebrochenem Herzen heiraten? Ist das nicht ein bißchen ris-

kant? Du mußt wissen, Elsie Ashby hat ihn vollkommen beherrscht.« Und sie dachte auch daran, wie sie scherzhaft erwidert hatte: »Vielleicht ist er dankbar, wenn er jetzt zur Abwechslung ein bißchen Freiheit hat.« Und in dieser Hinsicht hatte sie recht behalten. In den ersten Monaten hatte sie keinen gebraucht, um ihr zu sagen, daß ihr Mann restlos glücklich war mit ihr. Als sie von ihren verlängerten Flitterwochen zurückgekehrt waren, hatten dieselben Freunde sie gefragt: »Was hast du bloß mit Kenneth angestellt? Er sieht zwanzig Jahre jünger aus.« Und auf diese Frage hatte sie mit sorgloser Freude geantwortet: »Ich habe ihn aus seinem Grab herausgeholt, denke ich.«
Was ihr jedoch vor allem auffiel, als die grauen Briefe zu kommen anfingen, war nicht so sehr sein nervöses, eher zögerndes Herummäkeln – das ihm stets gegen seinen Willen zu entschlüpfen schien –, sondern vielmehr der Blick in seinen Augen, wenn er zu ihr kam, nachdem er einen dieser Briefe erhalten hatte. Es war kein liebloser Blick, nicht einmal ein gleichgültiger; es war der Blick eines Mannes, der so weit weg ist von alltäglichen Ereignissen, daß die vertrauten Dinge ihm seltsam erscheinen, wenn er zu

ihnen zurückkehrt. Das machte ihr mehr Kummer als sein Herummäkeln.
Obwohl sie vom ersten Augenblick an sicher gewesen war, daß die Handschrift auf dem grauen Umschlag die Schrift einer Frau war, dauerte es lange, bis sie auf den Gedanken kam, die mysteriösen Briefe mit einem romantischen Geheimnis in Verbindung zu bringen. Sie war sich der Liebe ihres Mannes zu sicher, zu überzeugt davon, sein Leben auszufüllen, als daß ihr so etwas in den Sinn gekommen wäre. Es schien ihr viel wahrscheinlicher, daß die Briefe – die ihn ganz offensichtlich nicht glücklich zu machen schienen – an den vielbeschäftigten Anwalt gerichtet waren und nicht an ihn als Privatperson. Vermutlich waren sie von einer lästigen Klientin – Frauen, hatte er ihr oft gesagt, waren als Klientinnen fast immer lästig –, die nicht wollte, daß ihre Briefe von der Sekretärin geöffnet werden, und sie daher in sein Haus bringen ließ. Ja, aber in diesem Fall mußte die unbekannte Dame ungewöhnlich lästig sein, nach der Wirkung ihrer Briefe zu urteilen. Und dann war es auch seltsam, obwohl seine berufliche Diskretion beispielhaft war, daß er sich nie ein ungeduldiges Wort hatte entschlüpfen lassen,

nie in einem Augenblick der Mitteilsamkeit Charlotte gegenüber eine Bemerkung hatte fallenlassen, daß es da eine strapaziöse Klientin gab, die ihn mit einem Fall peinigte, der gegen sie entschieden worden war. Er hatte sie mehr als nur einmal so halb und halb ins Vertrauen gezogen in solchen Dingen – natürlich ohne Namen zu nennen oder Einzelheiten; aber in bezug auf diese geheimnisvolle Briefschreiberin waren seine Lippen wie versiegelt.

Es gab noch eine Möglichkeit: was man beschönigend eine »alte Beziehung« nennt. Charlotte Ashby war eine intelligente, welterfahrene Frau. Sie machte sich wenig Illusionen über die verschlungenen Wege des menschlichen Herzens; sie wußte, daß es oft alte Beziehungen gab. Aber als sie Kenneth Ashby geheiratet hatte, hatten ihre Freunde eine solche Möglichkeit nicht einmal angedeutet, sondern im Gegenteil gesagt: »Da kannst du dich auf etwas gefaßt machen! Einen Don Juan zu heiraten ist dagegen ein Kinderspiel. Kenneth hat von dem Augenblick an, da er Elsie Corder sah, nie wieder eine andere Frau angeschaut. In den ganzen Jahren ihrer Ehe war er eher ein unglücklicher Liebhaber als ein zufriedener, glücklicher Ehemann.

Er wird nie zulassen, daß du auch nur einen Lehnstuhl verrückst oder eine Lampe woanders hinstellst; und was immer du tust, er wird es im Geist mit dem vergleichen, was Elsie an deiner Stelle getan hätte.«

Mit Ausnahme seiner nervösen Anfälle von Mißtrauen hinsichtlich ihrer Fähigkeit, mit den Kindern fertig zu werden – einem Mißtrauen, das ihre gute Laune und die Tatsache, daß die Kinder sie offensichtlich mochten, nach und nach zerstreut hatten –, war keine dieser Prophezeiungen wahr geworden. Der untröstliche Witwer, von dem seine engsten Freunde sagten, daß nur seine Arbeit, in der er voll und ganz aufging, ihn nach dem Tod seiner ersten Frau vor dem Selbstmord bewahrt hätte, hatte sich zwei Jahre später in Charlotte Gorse verliebt, sie geheiratet, nachdem er ihr ungestüm den Hof gemacht hatte, und war mit ihr auf Flitterwochen in die Tropen gefahren. Und er benahm sich immer noch wie ein Liebhaber, war immer noch genauso zärtlich wie in diesen ersten strahlenden Wochen. Bevor er sie um ihre Hand gebeten hatte, hatte er offen mit ihr über seine große Liebe zu seiner ersten Frau und über seine Verzweiflung nach ihrem plötzlichen Tod gesprochen; aber selbst da hatte er nicht den Gramgebeugten gemimt oder durchblicken lassen, daß das Leben ihm nichts mehr zu bieten hätte. Er war ganz schlicht und natürlich gewesen und hatte Charlotte bekannt, daß er von Anfang an gehofft habe, die Zukunft würde neue Geschenke für ihn bereithalten. Und als sie nach der Hochzeit in das Haus zurückgekehrt waren, in dem er die zwölf Jahre mit seiner ersten Frau verlebt hatte, hatte er Charlotte sofort erklärt, daß er das Haus gerne neu einrichten würde für sie, wenn er es sich leisten könnte, da er wohl wisse, daß jede Frau ihre eigenen Ansichten habe über Möbel und diverse Haushaltseinrichtungen, auf die ein Mann gar nicht achte, und hatte sie gebeten, alle Änderungen vorzunehmen, die sie für nötig hielt, ohne ihn erst lange zu fragen. Das Ergebnis war, daß sie so wenig wie möglich veränderte; aber die Art, wie er sich in ihr gemeinsames neues Leben in dem alten Rahmen fand, war so freimütig und ohne falsche Verlegenheit, daß sie sich sogleich wohl fühlte, und es tat ihr fast leid, als sie feststellte, daß das Porträt von Elsie Ashby, das über dem Schreibtisch in seiner Bibliothek gehangen hatte, in ihrer Abwesenheit ins Kinderzimmer geschafft worden war. Da sie wußte, daß sie die indirekte Ursache dieser Verbannung war, sprach sie ihren Mann daraufhin an, doch er antwortete: »Oh, ich fand, sie sollten unter ihren Blicken aufwachsen.« Die Antwort berührte Charlotte und befriedigte sie; und im Lauf der Zeit mußte sie sich eingestehen, daß sie sich mehr daheim fühlte in dem Haus, wohler und vertrauter in der Beziehung zu ihrem Mann, seit dieses lange kalte Gesicht an der Bibliothekswand nicht mehr mit wachsamen Augen alles verfolgte, was sie tat. Es war, als wäre Kenneths Liebe bis zu dem Geheimnis vorgedrungen, das sie kaum ihrem eigenen Herzen eingestand – dem leidenschaftlichen Verlangen, sich als Herrin selbst über seine Vergangenheit zu fühlen.

Seltsam, daß sie sich bei all dieser Fülle von Glück in letzter Zeit von einer nervösen Vorahnung befallen fühlte. Aber da war sie, diese Vorahnung; und an diesem speziellen Nachmittag – vielleicht, weil sie müder war als sonst, oder weil sie sich der Mühe hatte unterziehen müssen, eine neue Köchin zu finden, oder aus sonst einem lächerlich trivialen Grund seelischer oder körperlicher Art – war es ihr unmöglich, gegen dieses Gefühl anzukämpfen. Den Schlüssel in der Hand warf sie einen Blick zurück, die stille Straße hinunter bis zu dem wirren Treiben und den Lichtern auf der hell erleuchteten Hauptverkehrsstraße dahinter und hinauf zum Himmel, über den bereits der Lichterschein des nächtlichen Stadtlebens flackerte. »Da draußen«, dachte sie, »diese Welt der Wolkenkratzer und Reklamen, der drahtlosen Telegrafie und des Telefons, der Flugzeuge, Kinos, Automobile und all der anderen Dinge des zwanzigsten Jahrhunderts, und hinter dieser Tür etwas, das ich nicht erklären kann, nicht mit ihnen in Beziehung bringen kann. Etwas, das so alt ist wie die Welt, so geheimnisvoll wie das Leben... Unsinn! Wovor ängstige ich mich? Seit drei Monaten ist kein Brief mehr gekommen – nicht seit dem Tag unserer Rückkehr vom Land nach Weihnachten... Seltsam, daß sie immer zu kommen scheinen, wenn wir von einem Urlaub zurückkehren!... Weshalb bilde ich mir ein, daß heute einer da sein wird!«

Kein Grund dazu, aber das war ja das Schlimmste daran – oder gehörte zum Schlimmsten! –, daß es Tage gab, an denen sie hier stand und fröstelte vor Kälte, mit der Vorahnung von etwas Unerklärlichem, Unerträglichem, mit dem sie auf der anderen Seite der verhangenen Fensterscheiben konfrontiert werden würde; und wenn sie die Tür öffnete und eintrat, würde nichts da sein; und an anderen Tagen, wenn sie die gleiche eisige Vorahnung fühlte, wurde sie gerechtfertigt durch den Anblick des grauen Umschlags. Und so war ihr, seit der letzte gekommen war, immer kalt, und jeden Abend hatte sie diese Vorahnung, und es gelang ihr nie, die Tür zu öffnen, ohne daran zu denken, daß der Brief da sein könnte.

Sie hatte genug davon; soviel stand fest. Sie konnte so nicht weitermachen. Wenn ihr Mann blaß wurde und Kopfschmerzen bekam an den Tagen, an denen der Brief eintraf, so schien er sich danach wieder zu erholen; ihr aber gelang das nicht. Bei ihr war die Anspannung chronisch geworden, und der Grund dafür lag nahe. Ihr Mann wußte, von wem die Briefe kamen und was sie enthielten; er war von vornherein auf das vorbereitet, womit er sich auseinandersetzen mußte, und Herr der Situation, wie schlimm sie auch sein mochte; sie aber stand allein im dunklen mit ihren Vermutungen.

»Ich halte es nicht mehr aus! Ich halte es keinen Tag länger aus!« sagte sie laut, während sie den Schlüssel ins Schlüsselloch steckte. Sie drehte ihn um und ging hinein; und da, auf dem Tisch, lag der Brief.

II

Der Anblick machte sie fast froh. Er schien alles zu rechtfertigen, der ganzen verworrenen Angelegenheit ein Siegel der Endgültigkeit aufzudrücken. Ein Brief für ihren Mann; ein Brief von einer Frau – gewiß nichts anderes als eine dieser üblichen alten Liebesgeschichten. Wie dumm sie gewesen war, je daran zu zweifeln, sich den Kopf nach einer weniger offenkundigen Erklärung zu zerbrechen! Voller Verachtung und mit einer Hand, die ganz ruhig blieb, nahm sie den Brief an sich, führte die Augen ganz nah an die blassen Buchstaben heran, hielt den Umschlag gegen das Licht und konnte gerade die Umrisse des gefalteten Blattes darin erkennen. Sie wußte, jetzt würde sie keinen Frieden mehr finden, ehe sie herausgefunden hatte, was auf diesem Blatt stand.

Ihr Mann war noch nicht daheim; er kam selten vor halb sieben oder sieben vom Büro nach Hause, und es war noch nicht sechs. Es blieb ihr Zeit genug, mit dem Brief hinaufzugehen ins Wohnzimmer, ihn über den Teekessel zu halten, der zu dieser Stunde stets neben dem Kamin leise vor sich hinsummte in Erwartung ihrer Rückkehr, das Rätsel zu lösen und den Brief dorthin zurückzulegen, wo sie ihn vorgefunden hatte. Keiner würde etwas merken, und ihre nagende Ungewißheit hätte ein Ende. Die andere Möglichkeit war natürlich, ihren Mann zu fragen; aber das zu tun, schien ihr noch schwieriger. Sie wog den Brief zwischen Daumen und Zeigefinger, betrachtete ihn nochmals unter dem Licht, begann damit die Treppe hinaufzugehen – kehrte wieder um und und legte ihn zurück auf den Tisch.

»Nein, ich kann es einfach nicht«, sagte sie enttäuscht.

Was also sollte sie tun? Sie konnte nicht allein hinaufgehen in diesen warmen, gemütlichen Raum, sich ihren Tee eingießen, ihre Briefe durchsehen, in einem Buch oder einer Zeitschrift blättern – nicht solange dieser Brief hier unten lag und sie wußte, daß in einer kleinen

Weile ihr Mann heimkommen, ihn öffnen und allein in die Bibliothek gehen würde, wie er es immer tat an den Tagen, an denen der graue Umschlag eintraf.

Dann kam sie zu einer Entscheidung. Sie würde in der Bibliothek warten, um mit eigenen Augen zu sehen; zu sehen, was geschah zwischen ihm und dem Brief, wenn sie sich unbeobachtet glaubten. Sie fragte sich, warum ihr der Gedanke nicht früher gekommen war. Wenn sie die Tür einen Spalt offenließ und sich in die Ecke dahinter setzte, konnte sie ihn ungesehen beobachten ... Also gut, sie würde ihn beobachten! Sie zog einen Stuhl in die Ecke, setzte sich, den Blick auf den Spalt gerichtet, und wartete.

Soweit sie sich erinnern konnte, war es das erste Mal, daß sie je versuchte, in das Geheimnis eines anderen einzudringen, aber sie empfand keine Gewissensbisse. Sie hatte bloß das Gefühl, sich den Weg durch einen atembeklemmenden Nebel zu bahnen, aus dem sie heraus mußte, koste es, was es wollte.

Endlich hörte sie Kenneths Schlüssel und sprang auf. Der Impuls, hinauszulaufen und ihm entgegenzugehen, hatte sie fast vergessen lassen, weshalb sie hier war; aber es fiel ihr noch rechtzeitig ein, und sie setzte sich wieder. Von ihrem Platz aus konnte sie jede seiner Bewegungen sehen – sah ihn den Vorraum betreten, den Schlüssel aus der Tür ziehen, Hut und Mantel ablegen. Dann drehte er sich um, um die Handschuhe auf den Tisch im Vorraum zu werfen, und in diesem Augenblick sah er den Umschlag. Das Licht lag voll auf seinem Gesicht, und was Charlotte als erstes auffiel, war ein Ausdruck der Überraschung. Offenkundig hatte er den Brief nicht erwartet – hatte nicht mit der Möglichkeit gerechnet, er könnte an diesem Tag hier liegen. Aber wenn er ihn auch nicht erwartet hatte, nun, wo er ihn sah, wußte er ganz genau, was er enthielt. Er öffnete ihn nicht gleich, sondern stand reglos da, und langsam wich die Farbe aus seinem Gesicht. Ganz offensichtlich konnte er sich nicht dazu entschließen, ihn anzufassen; endlich aber streckte er doch die Hand aus, öffnete den Umschlag und ging damit zum Licht. Dabei drehte er Charlotte den Rücken zu, und sie sah nur seinen geneigten Kopf und die leicht vorgebeugten Schultern. Offenbar stand alles auf einer Seite, denn er wandte das Blatt nicht um, sondern starrte und starrte darauf, so lange, daß er es ein dutzendmal gelesen haben mußte – so zumindest schien es der Frau, die ihn atemlos beobachtete. Endlich rührte er sich; er hob den Brief noch näher an die Augen, als hätte er ihn nicht ganz entziffern können. Dann senkte er den Kopf, und sie sah, wie seine Lippen das Blatt berührten.

»Kenneth!« rief sie aus und lief in die Halle.

Die Hand fest um den Brief geklammert, wandte ihr Mann sich um und sah sie an. »Wo warst du?« sagte er mit leiser, verdutzter Stimme, wie ein Mensch, der aus dem Schlaf gerissen wird.

»In der Bibliothek. Ich habe auf dich gewartet.« Sie versuchte das Zittern in ihrer Stimme zu unterdrücken. »Was ist los? Was steht in dem Brief? Du siehst aus wie ein Gespenst.«

Ihre Erregung schien ihn zu beruhigen, und sofort steckte er den Umschlag mit einem kleinen Lachen in die Tasche. »Wie ein Gespenst? Tut mir leid. Ich habe einen harten Tag gehabt im Büro – ein paar komplizierte Fälle. Ich muß wohl hundemüde aussehen.«

»Du sahst nicht müde aus, als du hereinkamst. Erst als du den Brief aufmachtest –«

Er war ihr in die Bibliothek gefolgt, und sie standen da und starrten einander an. Charlotte entging nicht, wie rasch er seine Selbstbeherrschung wiedergefunden hatte. Durch seinen Beruf war er darin geübt, Gesicht und Stimme schnell unter Kontrolle zu bringen. Sie sah sofort, daß sie bei jeglichem Versuch, ihm sein Geheimnis zu entreißen, im Nachteil war, doch im selben Augenblick verlor sie jede Lust zu irgendwelchen Manövern, zu irgendwelchen Tricks, mit denen sie ihn dazu hätte bringen können, etwas zu verraten, was er verbergen wollte. Zwar wünschte sie noch immer, in das Geheimnis einzudringen, aber nur, um ihm die Last tragen zu helfen, die es für ihn bedeutete. »Selbst wenn es eine andere Frau ist«, dachte sie.

»Kenneth«, sagte sie und ihr Herz schlug wild. »Ich habe absichtlich hier gewartet, um dich beim Hereinkommen zu sehen. Ich wollte dich beim Öffnen dieses Briefes beobachten.«

Sein Gesicht, das blaß geworden war, wurde dunkelrot; dann wieder blaß. »Beim Öffnen dieses Briefs? Warum gerade dieses Briefs?«

»Weil ich bemerkt habe, daß es jedesmal eine seltsame Wirkung auf dich zu haben scheint, wenn einer dieser Briefe kommt.«

Eine Zornesfalte, die sie nie zuvor bemerkt hatte, zeigte sich zwischen seinen Augen, und sie sagte sich: »Seine obere Gesichtshälfte ist zu schmal; das ist mir bisher noch nie aufgefallen.« Sie hörte ihn weitersprechen in dem kühlen und leise ironischen Tonfall des Anklagevertreters, der seinen Standpunkt klarmacht. »Ach, es ist also deine Gewohnheit, ahnungslose Leute beim Öffnen ihrer Briefe zu beobachten?«

»Nicht meine Gewohnheit. Ich habe so etwas noch nie getan. Aber ich mußte herausfinden, was sie dir in regelmäßigen Abständen in diesen grauen Umschlägen mitteilt.«

Er wog die Worte einen Augenblick ab, dann sagte er: »Die Abstände waren nicht regelmäßig.«

»Oh, du hast die Daten gewiß besser im Kopf als ich«, erwiderte sie, und ihr Edelmut löste sich in nichts auf bei seinem Ton. »Ich weiß nur, daß du jedesmal, wenn diese Frau dir schreibt –«

»Warum nimmst du an, daß es eine Frau ist?«

»Es ist die Handschrift einer Frau. Willst du das leugnen?«

Er lächelte. »Nein. Ich leugne es nicht. Ich fragte nur, weil man sie im allgemeinen eher für eine Männerschrift hält.«

Ungeduldig ging Charlotte darüber hinweg. »Und diese Frau – worüber schreibt sie dir?« Wieder schien er einen Augenblick zu überlegen. »Geschäftliches.«
»Rechtsgeschäfte?«
»In gewisser Weise, ja. Geschäfte im allgemeinen.«
»Nimmst du ihre Angelegenheiten wahr?«
»Ja.«
»Schon lange?«
»Ja. Sehr lange schon.«
»Kenneth, Liebster, willst du mir nicht sagen, wer sie ist?«
»Nein, ich kann nicht.« Er hielt inne und brachte dann, als ließe ihn etwas zögern, mühsam hervor: »Berufsgeheimnis.«
Das Blut strömte von Charlottes Herzen zu ihren Schläfen.
»Sag das nicht – bitte nicht!«
»Warum nicht?«
»Weil ich gesehen habe, wie du den Brief geküßt hast.«
Die Wirkung dieser Worte war so beunruhigend, daß sie augenblicklich bedauerte, sie ausgesprochen zu haben. Ihr Mann, der sich ihrem Kreuzverhör mit einer Art verächtlicher Ge-

faßtheit gestellt hatte, als wäre sie ein unvernünftiges Kind, mit dem man Geduld haben muß, wandte ihr ein Gesicht voller Angst und Schmerz zu. Einen Augenblick schien er unfähig zu sprechen; dann faßte er sich, mit großer Mühe, und stammelte: »Die Schrift ist sehr blaß; du mußt gesehen haben, wie ich den Brief nahe an die Augen führte, um ihn zu entziffern.«

»Nein, ich habe gesehen, wie du ihn geküßt hast.« Er schwieg. »Willst du behaupten, ich hätte nicht gesehen, daß du ihn geküßt hast?«

Er verfiel wieder in Gleichgültigkeit. »Vielleicht.«

»Kenneth! Du stehst hier und sagst mir das – mir?!«

»Was kann es schon für einen Unterschied machen für dich? Es geht um Geschäfte in dem Brief, wie ich dir gesagt habe. Glaubst du etwa, ich lüge dich an? Der Brief kommt von einer sehr alten Freundin, die ich lange nicht gesehen habe.«

»Männer küssen keine Geschäftsbriefe, auch nicht von Frauen, die sehr alte Freundinnen sind, es sei denn, sie hatten ein Verhältnis mit ihr, dem sie immer noch nachtrauern.«

Er zuckte leicht die Achseln und wandte sich ab, als betrachte er die Diskussion als erledigt und wäre ein wenig angewidert von der Wende, die sie genommen hatte.

»Kenneth!« Charlotte machte eine Bewegung auf ihn zu und griff nach seinem Arm.

Mit einem Blick, in dem leiser Überdruß lag, blieb er stehen und legte seine Hand über die ihre. »Willst du mir nicht glauben?« fragte er freundlich.

»Wie kann ich das? Ich muß mit ansehen, wie diese Briefe an dich kommen – seit Monaten jetzt schon. Seit wir von den Westindischen Inseln zurück sind – einer davon lag genau an dem Tag hier, an dem wir heimkamen. Und nach jedem beobachte ich ihre geheimnisvolle Wirkung auf dich, sehe dich beunruhigt, unglücklich, als versuche jemand, dich mir zu entfremden.«

»Nein, Liebste; das nicht. Niemals!«

Sie wich zurück und sah ihn mit leidenschaftlichem Flehen an. »Gut, dann beweise es mir, Liebling. Es wäre so leicht!«

Er rang sich ein Lächeln ab. »Einer Frau, die sich einmal etwas in den Kopf gesetzt hat, ist nichts leicht zu beweisen.«

»Du brauchst mir den Brief nur zu zeigen.«
Seine Hand glitt von der ihren, er wich zurück und schüttelte den Kopf.
»Du willst also nicht?«
»Ich kann nicht.«
»Dann ist die Frau, die ihn dir geschrieben hat, deine Geliebte.«
»Nein, Liebste. Nein.«
»Vielleicht nicht jetzt. Aber ich vermute, sie versucht dich zurückzugewinnen, und du kämpfst, aus Mitleid für mich. Mein armer Kenneth!«
»Ich schwöre dir, sie war nie meine Geliebte.«
Charlotte spürte, wie ihr die Tränen in die Augen schossen. »Ach, das ist noch schlimmer – dann ist es hoffnungslos! Die Klugen sind diejenigen, die einen Mann zu halten verstehen. Das wissen wir doch alle.« Sie hob die Hände und verbarg ihr Gesicht darin.
Ihr Mann blieb stumm; er gab ihr weder Trost, noch bestritt er das Gesagte, und schließlich wischte sie sich die Tränen fort und hob den Blick fast schüchtern zu seinem empor.
»Kenneth, überleg doch! Wir sind erst so kurz verheiratet. Kannst du dir nicht vorstellen, wie weh du mir tust? Du sagst, du kannst mir diesen

Brief nicht zeigen. Du weigerst dich sogar, mir eine Erklärung dafür zu geben.«

»Ich habe dir gesagt, es geht um Geschäftliches in dem Brief. Ich schwöre es dir.«

»Ein Mann würde alles beschwören, um eine Frau zu schützen. Wenn du willst, daß ich dir glaube, sage mir zumindest ihren Namen. Dann verzichte ich darauf, den Brief zu sehen, das verspreche ich dir.«

Es folgte ein langes gespanntes Schweigen, in dem sie ihr Herz in raschen, warnenden Stößen gegen die Rippen pochen fühlte, als wolle es ihr die Gefahr bewußt machen, in die sie sich da begab.

»Ich kann nicht«, sagte er endlich.

»Nicht einmal ihren Namen?«

»Nein.«

»Kannst du mir überhaupt nichts weiter sagen?«

»Nein.«

Wieder eine Pause; diesmal schienen sie beide am Ende ihrer Argumente angelangt und blickten einander hilflos an, über eine unüberwindliche Wüste der Verständnislosigkeit hinweg.

Charlotte atmete heftig, die Hände gegen die Brust gepreßt. Sie hatte das Gefühl, ein hartes

Rennen gelaufen zu sein und das Ziel verfehlt zu haben. Sie hatte ihren Mann rühren wollen, aber es war ihr nur gelungen, ihn zu verärgern; und diese falsch aufgegangene Rechnung schien ihn in einen Fremden zu verwandeln, in ein geheimnisvolles, unverständliches Wesen, an das sie mit keinem ihrer Argumente, mit keiner ihrer Bitten herankonnte. Das Merkwürdige war, daß sie keine Feindseligkeit an ihm bemerkte, ja nicht einmal Ungeduld, nur eine Unnahbarkeit, eine Unerreichbarkeit, gegen die viel schwerer anzukommen war. Sie fühlte sich ausgeschlossen, übergangen, aus seinem Leben ausgeschaltet. Doch als sie ihn, einige Augenblicke später, ruhiger betrachtete, sah sie, daß er ebenso litt wie sie. Sein unnahbares, verschlossenes Gesicht war schmerzverzerrt; nie hatte ihn die Ankunft des grauen Umschlags, auch wenn dieser immer einen Schatten warf, so tief gezeichnet wie diese Auseinandersetzung mit seiner Frau.

Charlotte faßte neuen Mut; vielleicht hatte sie doch noch nicht ihr letztes Pulver verschossen. Sie ging auf ihn zu und legte ihm nochmals die Hand auf den Arm. »Armer Kenneth! Wenn du wüßtest, wie leid du mir tust –«

Sie hatte den Eindruck, als zucke er ein wenig zusammen unter dieser Geste des Mitleids, aber er nahm ihre Hand und drückte sie.

»Ich kann mir nichts Schlimmeres vorstellen als den Mangel an Kraft für eine dauerhafte Liebe«, fuhr sie fort, »nichts Schlimmeres, als die Schönheit einer großen Liebe zu fühlen und zu unbeständig zu sein, ihre Last zu ertragen.«

Er wandte ihr einen Blick voll wehmütigen Vorwurfs zu.

»Oh, sag das nicht von mir. Unbeständig! Ich!«

Sie hatte das Gefühl, endlich auf dem richtigen Weg zu sein, und ihre Stimme zitterte vor Aufregung, als sie fortfuhr: »Was ist dann mit mir und dieser anderen Frau? Hast du Elsie auf diese Weise nicht zweimal innerhalb eines Jahres vergessen?«

Es war selten, daß sie den Namen seiner ersten Frau aussprach; er ging ihr nicht leicht von den Lippen. Jetzt stieß sie ihn hervor, als schleudere sie einen gefährlichen Sprengstoff in den Raum zwischen ihnen beiden, und trat einen Schritt zurück, um zu hören, wie die Mine explodierte.

Ihr Mann rührte sich nicht; sein Gesicht wurde trauriger, aber es zeigte keinen Groll. »Ich habe Elsie nie vergessen«, sagte er.
Charlotte konnte sich ein schwaches Lachen nicht verkneifen. »Ach du Armer, dann stehst du also zwischen uns dreien –«
»Es gibt keine –«, begann er; dann brach er ab und legte sich die Hand auf die Stirn.
»Keine was?«
»Tut mir leid; ich glaube, ich weiß nicht, was ich sage. Ich habe entsetzliche Kopfschmerzen.« Sein fahles, von tiefen Furchen durchzogenes Gesicht schien seine Worte zu bestätigen, aber es erbitterte sie, daß er ihr auswich.
»Ah ja! Der graue Umschlag macht dir ja immer Kopfschmerzen!«
Sie sah die Überraschung in seinem Blick. »Ich hatte vergessen, wie genau ich beobachtet werde«, sagte er kalt. »Entschuldige mich bitte. Ich möchte hinaufgehen und eine Stunde im Dunklen bleiben. Vielleicht werde ich diese Neuralgie dann los.«
Sie schwankte; dann sagte sie mit verzweifelter Entschlossenheit: »Es tut mir leid, daß du Kopfschmerzen hast. Aber bevor du gehst, möchte ich noch sagen, daß diese Frage früher

oder später zwischen uns geklärt werden muß. Irgend jemand versucht uns auseinanderzubringen, und es ist mir egal, was es mich kostet, herauszufinden, wer das ist.« Sie blickte ihm fest in die Augen. »Und wenn es mich deine Liebe kostet, es ist mir egal! Wenn ich dein Vertrauen nicht haben kann, brauche ich nichts von dir.«

Er sah sie immer noch wehmütig an. »Laß mir Zeit.«

»Zeit wofür? Ein Wort genügt.«

»Zeit, um dir zu beweisen, daß du weder meine Liebe noch mein Vertrauen verloren hast.«

»Gut, ich warte.«

Er wandte sich zur Tür, blickte dann zögernd zurück. »O bitte warte, meine Liebste«, sagte er und verließ den Raum.

Sie hörte seine müden Schritte auf der Treppe, hörte, wie oben die Tür zu seinem Schlafzimmer ins Schloß fiel. Dann ließ sie sich in einen Stuhl fallen und vergrub ihr Gesicht in den Händen. Ihr erster Impuls war Reue; sie kam sich hart vor, unmenschlich, phantasielos. »Ihm zu sagen, daß es mir gleichgültig wäre, wenn meine Beharrlichkeit mich seine Liebe kostete! Was für eine idiotische Lüge!« Sie stand auf, um ihm nachzugehen und die bedeutungslosen Worte ungesagt zu machen. Aber eine Überlegung hielt sie zurück. Er hatte, letztlich, seinen Willen durchgesetzt; er war allen Anstürmen auf sein Geheimnis ausgewichen, und nun saß er allein da oben in seinem Zimmer und las den Brief dieser anderen Frau.

III

Sie dachte immer noch darüber nach, als das überraschte Stubenmädchen in die Halle kam und sie dort vorfand. Nein, sagte Charlotte, sie hätte nicht die Absicht, sich fürs Abendessen umzuziehen; Mr. Ashby wünsche kein Abendessen. Er sei sehr müde und habe sich zum Ausruhen in sein Zimmer zurückgezogen; sie würden sich später auf einem Tablett etwas ins Wohnzimmer bringen lassen. Sie stieg die Treppe hinauf zu ihrem Schlafzimmer. Ihr Kleid für den Abend lag auf dem Bett, und bei dem Anblick ergriff die ruhige Routine ihres Alltagslebens wieder Besitz von ihr, und sie bekam das Gefühl, als hätte das seltsame Gespräch, das sie soeben mit ihrem Mann geführt hatte, in einer anderen Welt stattgefunden, zwischen zwei Wesen, die nicht Charlotte Gorse und Kenneth Ashby waren, sondern ihrer fiebrigen Phantasie entsprungene Hirngespinste. Sie dachte an das seit ihrer Hochzeit vergangene Jahr zurück – die unerschütterliche, hingebungsvolle Liebe ihres Mannes; seine ausdauernde, fast zu drängende Zärtlichkeit, die ihr zuweilen das Gefühl gegeben hatte, als wäre er zu abhängig von ihr, suche zu sehr ihre Nähe, ließe nicht genügend Luft zwischen seiner Seele und der ihren. Es kam ihr absurd vor, als sie sich all das in Erinnerung rief, daß sie ihn vor nur wenigen Augenblicken einer Affäre mit einer anderen Frau bezichtigt hatte! Aber andererseits, was –

Wieder überkam sie der Impuls, zu ihm hinaufzugehen, ihn um Verzeihung zu bitten und das Mißverständnis mit einem Lachen aus der Welt zu schaffen. Aber die Angst, sich in seine Privatsphäre einzudrängen, hielt sie zurück. Er hatte Sorgen und war unglücklich, von irgendeinem Kummer oder einer Angst bedrückt; und er hatte sie wissen lassen, daß er diesen Kampf alleine auszufechten gedachte. Es wäre klüger und auch großzügiger, seinen Wunsch zu respektieren. Und doch, wie sonderbar, wie unerträglich, hier in diesem Zimmer gleich neben dem seinen zu sitzen und das Gefühl zu haben, als befände man sich am anderen Ende der Welt! Im Aufruhr ihrer Gefühle bedauerte sie es nun fast, daß sie nicht den Mut aufgebracht hatte, den Brief zu öffnen und ihn wieder auf den Tisch in der Halle zu legen, bevor ihr Mann heimkam. Dann hätte sie sein Geheimnis wenigstens gekannt, und das Gespenst wäre gebannt gewesen. Denn sie begann das Geheimnis mittlerweile als etwas Bewußtes, Feindseliges zu betrachten: eine geheime Verfolgung, die ihn erschreckte, aus der er sich jedoch nicht befreien konnte. Ein- oder zweimal hatte sie in seinem ausweichenden Blick die Bitte um Hilfe wahrzunehmen geglaubt, den Impuls zu beichten, den er jedoch sofort gezügelt und unterdrückt hatte. Es war, als hätte er gefühlt, daß sie ihm helfen könnte, wenn sie um das Geheimnis gewußt hätte, und sei doch unfähig gewesen, es ihr zu sagen!

Der Gedanke, seine Mutter aufzusuchen, ging ihr durch den Kopf. Sie mochte Mrs. Asbhy senior, eine rüstige, blitzäugige alte Dame, sehr gern. Ihre herbe Unverblümtheit sprach Charlottes offenes, einfaches Wesen an. Es bestand ein stillschweigendes Einverständnis zwischen ihnen seit dem Tag, an dem die alte Mrs. Ashby, als sie erstmals zum Lunch zu ihrer neuen Schwiegertochter kam und von dieser in der Bibliothek unten empfangen wurde, mit einem Blick auf die leere Wand über dem Schreibtisch ihres Sohnes lakonisch bemerkt hatte: »Aha, Elsie ist also weg?« Und auf Charlottes gemurmelte Erklärung hin hatte sie ergänzt: »Unsinn. Laß sie, wo sie ist. Zu zweit ist es gemütlicher.« Charlotte hatte es sich kaum verkneifen können, ein verschwörerisches Lächeln mit ihrer Schwiegermutter zu wechseln, die so gut in ihren Gedanken hatte lesen können. Und nun überlegte sie, ob Mrs. Ashbys fast unheimliche Direktheit vielleicht zum Kern dieses neuen Geheimnisses vordringen könnte. Doch wieder zögerte sie, denn der Gedanke schien ihr fast wie Verrat. Welches Recht hatte sie, jemanden zu Rate zu ziehen, und sei es auch eine noch so enge Verwandte, um ein Geheimnis zu ergründen, das ihr Mann vor ihr zu verbergen trachtete? »Vielleicht wird er irgendwann aus eigenem Antrieb mit seiner Mutter darüber sprechen«, dachte sie und fügte abschließend hinzu: »Aber was hilft das schon? Diese Sache müssen er und ich allein zwischen uns regeln.«

Sie brütete noch immer über dem Problem, als es an der Tür klopfte und ihr Mann eintrat. Er war für den Abend umgezogen und schien überrascht, sie hier sitzen und das Abendkleid unbeachtet auf dem Bett liegen zu sehen.

»Kommst du nicht hinunter?«

»Ich dachte, du fühltest dich nicht wohl und seist zu Bett gegangen«, stammelte sie.

Er rang sich ein Lächeln ab. »Ich fühle mich nicht besonders wohl, aber wir sollten dennoch besser hinuntergehen.« Sein Gesicht war immer noch abgespannt, aber es wirkte ruhiger als vor einer Stunde, als er die Treppe hinauf geflüchtet war.

»Da haben wir's; er weiß, was in dem Brief steht, und hat seinen Kampf ausgefochten, was immer für ein Kampf das ist«, dachte sie, »während ich nach wie vor im finstern tappe.« Sie klingelte und erteilte hastig die Weisung, daß möglichst bald das Abendessen serviert werden sollte – nur eine Kleinigkeit, die rasch zubereitet werden konnte, da Mr. Ashby und sie ziemlich müde seien und nicht sehr hungrig.

Das Abendessen wurde angekündigt, und sie setzten sich. Anfangs schien keiner so recht zu wissen, was er sagen sollte; dann begann Ashby mit einer gespielten Leichtigkeit Konversation zu machen, die bedrückender war als sein Schweigen. »Wie müde er ist! Wie schrecklich übermüdet!« sagte Charlotte zu sich selbst, ihren eigenen Gedanken nachhängend, während er weiterplauderte: über die Stadtpolitik, den Flugverkehr, eine Ausstellung moderner französischer Malerei, die Gesundheit einer alten Tante und die Installation des Selbstwähltelefons. »Mein Gott, wie müde er ist!«

Wenn sie alleine zu Abend aßen, gingen sie nach dem Essen gewöhnlich in dic Bibliothek und Charlotte ringelte sich mit ihrer Strickerei auf dem Divan zusammen, während er es sich in seinem Lehnstuhl unter der Lampe gemütlich machte und sich eine Pfeife anzündete. An diesem Abend jedoch vermieden sie in stillschweigendem Einverständnis den Raum, in dem ihre seltsame Unterredung stattgefunden hatte, und gingen hinauf in Charlottes Salon.

Sie setzten sich an den Kamin, und Charlotte sagte: »Deine Pfeife?«, nachdem er seinen kaum angerührten Kaffee weggestellt hatte.

Er schüttelte den Kopf. »Nein, heute abend nicht.«
»Du mußt früh zu Bett gehen; du siehst schrecklich müde aus. Ich bin überzeugt, man bürdet dir zuviel Arbeit auf im Büro.«
»Wir bürden uns wohl alle zuweilen zuviel Arbeit auf.«
Sie erhob sich und stellte sich mit plötzlicher Entschlossenheit vor ihn hin. »Ich werde es aber nicht zulassen, daß du so weiterschuftest und deine Kräfte völlig verbrauchst. Das ist albern. Ich sehe doch, daß du krank bist.« Sie neigte sich über ihn und legte ihm die Hand auf die Stirn. »Mein armer alter Kenneth. Mach dich darauf gefaßt, daß ich dich bald auf einen langen Urlaub entführen werde.«
Überrascht sah er zu ihr auf. »Urlaub?«
»Natürlich. Wußtest du nicht, daß ich zu Ostern mit dir wegfahren will? In vierzehn Tagen machen wir uns auf die Reise. Irgendwohin. Auf einem dieser großen Kreuzschiffe. Und bleiben einen ganzen Monat weg.« Sie hielt inne und beugte sich tiefer hinunter, um seine Stirn mit den Lippen zu berühren. »Ich bin auch müde, Kenneth.«
Er schien nicht auf ihre letzten Worte zu achten,

sondern saß da, Hände auf den Knien, den Kopf ein wenig zurückgeneigt, wie um ihrer Liebkosung auszuweichen, und blickte mit besorgtem Starren zu ihr auf. »Schon wieder? Das geht nicht, meine Liebe; ich kann nicht weg.«
»Ich weiß nicht, warum du ›schon wieder‹ sagst, Kenneth; wir waren dieses Jahr noch gar nicht richtig auf Urlaub.«
»Wir haben Weihnachten eine Woche mit den Kindern auf dem Land verbracht.«
»Ja, aber diesmal meine ich weg von den Kindern, weg von den Dienstboten, weg vom Haus. Weg von allem, was vertraut und ermüdend ist. Deine Mutter wird entzückt sein, Joyce und Peter bei sich zu haben.«
Er runzelte die Stirn und schüttelte leicht den Kopf. »Nein, Liebste; ich kann sie nicht bei meiner Mutter lassen.«
»Aber Kenneth, wie albern! Sie betet sie an. Und du hast keinen Augenblick gezögert, sie über zwei Monate bei ihr zu lassen, als wir zu den Westindischen Inseln fuhren.«
Er machte einen tiefen Atemzug und erhob sich mit einem Ausdruck des Unbehagens. »Das war etwas anderes.«
»Etwas anderes? Warum?«

»Ich meine, zu dieser Zeit war mir nicht klar –« Er brach ab, wie um sich seine Worte genau zu überlegen, und fuhr dann fort. »Meine Mutter betet die Kinder an, wie du richtig sagst. Aber sie ist manchmal etwas unvernünftig. Großmütter verwöhnen ihre Enkel immer. Und zuweilen sagt sie unüberlegte Dinge vor ihnen.« Er wandte sich mit einer flehenden Geste an seine Frau, die fast mitleiderregend war.

»Bitte mich nicht darum, Liebste.«

Charlotte überlegte. Es stimmte, daß die alte Mrs. Ashby eine furchtlose Zunge hatte, aber sie war die letzte Frau auf der Welt, die vor ihren Enkelkindern irgend etwas sagen oder andeuten würde, woran Eltern, und nähmen sie es noch so genau, sich stoßen könnten. Charlotte sah ihren Mann perplex an. »Ich verstehe dich nicht.«

Er betrachtete sie immer noch mit diesem gequälten und bittenden Blick. »Versuche es nicht«, murmelte er.

»Nicht versuchen?«

»Nicht jetzt – noch nicht.« Er hob die Hände und preßte sie gegen die Schläfen. »Siehst du denn nicht, daß es keinen Sinn hat, darauf zu beharren? Ich kann nicht weg, und wenn ich es noch sosehr wollte.«

Charlotte musterte ihn immer noch ernst. »Die Frage ist, willst du überhaupt?«
Er erwiderte kurz ihren Blick; dann begannen seine Lippen zu zittern und er sagte, kaum hörbar: »Ich will – alles, was du willst.«
»Und trotzdem –«
»Frag mich nicht. Ich kann nicht weg – ich kann nicht!«
»Du meinst, du kannst nirgendwohin, wo diese Briefe dich nicht erreichen würden.«
Ihr Mann hatte in unbehaglicher, halb zögernder Haltung vor ihr gestanden; nun wandte er sich abrupt ab und schritt ein-, zweimal die Länge des Zimmers ab, den Kopf gesenkt, den Blick starr auf den Teppich gerichtet.
Charlotte fühlte, wie sich aufsteigender Groll in ihre Ängste mischte. »Es ist doch so«, beharrte sie, »warum gibst du es nicht zu? Du kannst nicht leben ohne diese Briefe.«
Er fuhr fort, unruhig im Zimmer auf und ab zu gehen; dann blieb er stehen, ließ sich in einen Stuhl fallen und bedeckte das Gesicht mit den Händen. Am Beben seiner Schultern erkannte Charlotte, daß er weinte. Sie hatte noch nie einen Mann weinen sehen, mit Ausnahme ihres Vaters nach dem Tod ihrer Mutter, als sie noch

ein kleines Mädchen gewesen war; und sie erinnerte sich noch, wie der Anblick sie erschreckt hatte. Auch jetzt war sie erschrocken; sie fühlte, daß ihr Mann von ihr weg und in irgendeine geheimnisvolle Abhängigkeit hineingezogen wurde und daß sie ihren letzten Funken Kraft im Kampf um seine und ihre Freiheit aufbieten mußte.

»Kenneth – Kenneth!« flehte sie und kniete sich neben ihn. »Willst du mir nicht zuhören. Willst du denn nicht einmal den Versuch machen, zu sehen, wie ich leide? Ich bin nicht unvernünftig, Liebling, wirklich nicht. Wahrscheinlich hätte ich die Briefe überhaupt nicht bemerkt, hätten sie nicht diese Wirkung auf dich gehabt. Es ist nicht meine Art, mich in anderer Leute Angelegenheiten einzumischen; und selbst wenn die Wirkung eine andere gewesen wäre – ja, ja, hör mir zu –, wenn ich gesehen hätte, daß diese Briefe dich glücklich machen, daß du sie sehnsüchtig erwartest, die Tage zwischen ihrem Kommen zählst, sie herbeiwünschst, daß sie dir etwas geben, was ich dir nicht zu geben vermochte – ich will nicht behaupten, daß ich dann nicht auch gelitten hätte, Kenneth; aber es wäre anders gewesen, und ich hätte die Kraft aufgebracht, meine Gefühle zu verbergen und zu hoffen, daß du eines Tages mir dieselben Gefühle entgegenbringen würdest wie der Verfasserin dieser Briefe. Was ich nicht ertragen kann, ist, mitanzusehen, wie du sie fürchtest, wie du unter ihnen leidest und doch nicht ohne sie leben kannst und es nicht über dich bringst, wegzufahren, um nur ja keinen zu verpassen in deiner Abwesenheit. Oder vielleicht«, fügte sie hinzu, und ihre Stimme wurde plötzlich laut und anklagend – »vielleicht hat sie dir gar verboten wegzufahren. Kenneth, du mußt mir antworten! Ist das der Grund? Willst du nicht mit mir wegfahren, weil sie es dir verboten hat?«

Sie kniete noch immer an seiner Seite, griff nach seinen Händen und zog sie sanft zu sich herab. Sie schämte sich ihrer Hartnäckigkeit, schämte sich, dieses verstörte Gesicht zu entblößen, war jedoch dazu entschlossen, sich nicht von solchen Skrupeln daran hindern zu lassen. Er hielt den Blick gesenkt, die Muskeln in seinem Gesicht zitterten; sie fügte ihm noch größeren Schmerz zu, als sie selbst ihn empfand. Aber auch das hielt sie nicht mehr zurück.

»Kenneth, ist es das? Erlaubt sie es nicht, daß

wir miteinander wegfahren?« Er antwortete weder, noch wandte er ihr den Blick zu; und ein Gefühl der Niederlage durchströmte sie. Der Kampf war, allem Anschein nach, ein vergeblicher. »Du brauchst mir nicht zu antworten. Ich sehe, daß ich recht habe«, sagte sie.

Doch als sie sich erhob, wandte er sich plötzlich um und zog sie wieder zu sich herab. Seine Hände griffen nach den ihren und drückten sie so fest, daß sie spürte, wie ihre Ringe sich ins Fleisch schnitten. Es war etwas Erschreckendes, Krampfhaftes in der Art, wie er sich an ihr festklammerte; wie ein Mensch, der über einem Abgrund schwebt. Er starrte zu ihr hinauf, als läge die Rettung in ihrem herabgeneigten Gesicht. »Natürlich werden wir miteinander wegfahren. Wohin du willst«, sagte er mit leiser, undeutlicher Stimme; dann legte er den Arm um sie, zog sie zu sich heran und drückte seine Lippen auf ihren Mund.

IV

»Heute nacht werde ich schlafen«, hatte Charlotte sich gesagt, statt dessen saß sie vor ihrem Kamin bis in die frühen Morgenstunden und horchte auf jedes Geräusch, das aus dem Zimmer ihres Mannes drang. Er jedoch schien nach dem turbulenten Abend zur Ruhe gekommen zu sein. Ein- oder zweimal schlich sie sich zur Tür und sah ihn im schwachen Licht, das von der Straße durch sein offenes Fenster fiel, in tiefem Schlaf – dem Schlaf der Schwäche und Erschöpfung – auf dem Bett liegen. »Er ist krank«, dachte sie, »er ist ohne jeden Zweifel krank. Und es ist keine Überarbeitung; es ist diese mysteriöse Verfolgung.«
Erleichtert holte sie tief Luft. Sie hatte den mühsamen Kampf durchgestanden, und der Erfolg war ihr sicher – zumindest für den Augenblick. Wenn sie nur gleich hätten aufbrechen können – egal wohin! Sie wußte, es war sinnlos, ihn darum zu bitten, noch vor den Ferien wegzufahren; und in der Zwischenzeit würde der mysteriöse Einfluß – über den sie immer noch so völlig im dunkeln tappte – weiter gegen sie arbeiten, und sie würde den Kampf bis zum

Antritt ihrer Reise Tag für Tag neu aufnehmen müssen. Danach aber würde alles anders werden. Sie zweifelte keinen Augenblick an ihrer Fähigkeit, ihren Mann aus dem bösen Bann, unter dem er stand, zu befreien, wenn sie ihn nur erst von hier weggebracht hatte, in eine andere Umgebung, wo sie ihn ganz für sich allein haben würde. Von dem Gedanken beruhigt, schlief endlich auch sie ein.

Es war viel später als sonst, als sie wieder erwachte, und sie setzte sich im Bett auf, erstaunt und verärgert, daß sie verschlafen hatte. Sie legte stets Wert darauf, gemeinsam mit ihrem Mann neben dem Kamin in der Bibliothek das Frühstück einzunehmen; doch ein Blick auf die Uhr sagte ihr, daß er sich längst auf seinen Weg ins Büro gemacht haben mußte. Um sich zu vergewissern, sprang sie aus dem Bett und ging hinüber in sein Zimmer, aber es war leer. Gewiß hatte er bei ihr hereingeschaut, bevor er gegangen war, gesehen, daß sie noch schlief, und war hinuntergegangen, ohne sie zu stören. Ihre Beziehungen zueinander waren immer noch die eines Liebespaares, und es tat ihr leid, die Morgenstunde mit ihm verpaßt zu haben.

Sie klingelte und fragte, ob Mr. Ashby schon gegangen sei. Ja, schon vor nahezu einer Stunde, sagte das Mädchen. Er hätte Anweisung gegeben, daß Mrs. Ashby nicht geweckt werden sollte und daß auch die Kinder nicht zu ihr gebracht werden dürften, bevor sie nach ihnen verlangte ... Ja, er sei selbst hinaufgegangen ins Kinderzimmer, um das zu verfügen. All das klang ziemlich ungewöhnlich, und Charlotte wußte kaum, weshalb sie fragte: »Und sonst hat Mr. Ashby keine Nachricht hinterlassen?«

O doch, sagte das Mädchen; es tue ihr ja so leid, daß sie es vergessen habe. Kurz vor dem Weggehen habe er ihr noch aufgetragen, Mrs. Ashby zu sagen, er würde sich um die Schiffskarten kümmern und sie möge sich darauf einrichten, morgen abzureisen.

»Morgen?« wiederholte Charlotte und sah das Mädchen ungläubig an. »Morgen? – Bist du sicher, daß er gesagt hat, wir reisen morgen?«

»O ja, ganz sicher, Ma'am. Ich weiß gar nicht, wie ich vergessen konnte, es Ihnen auszurichten.«

»Schon gut, spielt keine Rolle. Laß mir bitte mein Bad ein.« Charlotte sprang auf, zog sich in

Windeseile an und ertappte sich dabei, wie sie ihrem Spiegelbild etwas vorsang, während sie sich die Haare bürstete. Einen solchen Sieg errungen zu haben, gab ihr das Gefühl, wieder jung zu sein. Die andere Frau verflüchtigte sich zu einem winzigen Fleck am Horizont, während die Frau, die den Vordergrund beherrschte, dem Bild ihrer Lippen und Augen im Spiegel zulächelte. Dann liebte er sie also – liebte sie noch genauso leidenschaftlich wie eh und je. Er hatte erahnt, was sie durchgemacht hatte, hatte verstanden, daß ihr Glück daran hing, sofort von hier wegzukommen, um einander nach dem verzweifelten Tappen im Nebel des gestrigen Abends wiederzufinden. Welcher Art der Einfluß war, der sich zwischen sie gedrängt hatte, spielte jetzt keine große Rolle mehr für Charlotte; sie hatte sich dem Phantom gestellt und es verjagt. »Mut – das ist das Geheimnis! Hätten doch Verliebte bloß nicht immer solche Angst davor, ihr Glück aufs Spiel zu setzen, indem sie ihm ins Auge schauen.« Ihr helles, volles Haar bauschte sich, elektrisch aufgeladen, wie ein Siegeskranz um ihren Kopf, während sie es sich aus der Stirn bürstete. Ja, manche Frauen verstehen eben mit Männern umzugehen und andere nicht – und nur die Hübschen – zitierte sie frei nach John Dryden – verdienen die Tapferen! Kein Zweifel, daß sie sehr hübsch aussah.

Der Morgen tanzte dahin wie eine Nußschale auf einem schimmernden Meer, gleich dem Meer, über das sie bald dahinbrausen würden. Sie gab Anweisungen für ein besonders gutes Abendessen, brachte die Kinder zur Schule, ließ sich ihre Koffer herunterbringen, beriet sich mit dem Mädchen wegen der Sommerkleider – denn natürlich würden sie der Wärme und Sonne entgegenreisen – und fragte sich, ob sie nicht Kenneths eingemottete Baumwollanzüge hervorholen sollte. »Wie komisch«, überlegte sie, »daß ich noch gar nicht weiß, wohin wir eigentlich fahren!« Sie warf einen Blick auf die Uhr, stellte fest, daß es bald Mittag war, und beschloß, ihn im Büro anzurufen. Sie mußte einen Augenblick warten, dann hörte sie die Stimme seiner Sekretärin, die sie wissen ließ, daß Mr. Ashby früh am Morgen auf einen Sprung vorbeigekommen und fast sofort wieder gegangen sei ... Oh, auch gut; dann würde sie eben später wieder anrufen. Wann würde er denn wohl zurück sein? Das könne sie nicht sagen, antwortete die Sekretärin; er habe nur erklärt, daß er in Eile sei, weil er außerhalb der Stadt zu tun hätte; mehr sei im Büro nicht bekannt.

Außerhalb der Stadt? Charlotte legte den Hörer auf und starrte mit leerem Blick in neues Dunkel. Warum hatte er die Stadt verlassen? Und wohin war er gefahren? Und weshalb hatte er sich dazu ausgerechnet den Abend vor ihrer plötzlich geplanten Abreise ausgesucht? Sie spürte ein leises Zittern der Furcht. Natürlich war er zu dieser Frau gefahren – zweifellos um ihre Erlaubnis für die geplante Reise einzuholen. So tief ging seine Abhängigkeit; und sie war dumm genug gewesen, schon den Siegeskranz auf ihrer Stirn zu sehen. Sie brach in ein Lachen aus, erhob sich, durchquerte den Raum und setzte sich wieder vor ihren Spiegel. Wie anders war das Gesicht, das sie nun darin sah. Das Lächeln auf ihren blassen Lippen schien sich lustig zu machen über das blühende Bild der anderen Charlotte. Aber langsam kehrte die Farbe in ihr Gesicht zurück. Im Grunde konnte sie doch den Sieg für sich buchen, schließlich tat ihr Mann, was sie wollte, nicht, was die andere Frau von ihm verlangte. Es war nur natürlich, daß er in

Anbetracht seiner plötzlichen Entscheidung, am kommenden Tag zu verreisen, Vorkehrungen treffen, geschäftliche Angelegenheiten regeln mußte; es war nicht einmal gesagt, daß diese geheimnisvolle Fahrt unbedingt einen Besuch bei der Verfasserin der Briefe zu bedeuten hatte. Er konnte schlicht und einfach einen Klienten aufgesucht haben, der außerhalb der Stadt wohnte. Natürlich würden sie ihr das im Büro nicht sagen; sogar mit der mageren Information, daß Mr. Ashby nicht anwesend sei, war die Sekretärin nur zögernd herausgerückt. Sie würde ganz einfach weitermachen mit ihren vergnügten Vorbereitungen und sich damit zufriedengeben, im späteren Verlauf des Tages zu erfahren, zu welcher speziellen Insel der Seligen sie entführt werden sollte.

Die Stunden schritten voran oder, besser gesagt, flogen dahin mit fieberhaften Vorbereitungen. Der Eintritt des Mädchens, das kam, um die Vorhänge zuzuziehen, schreckte Charlotte aus ihrer Arbeit auf, und sie sah zu ihrer Überraschung, daß die Zeiger der Uhr bereits auf fünf standen. Und noch immer wußte sie nicht, wohin sie am nächsten Tag fahren sollten! Sie rief ein zweites Mal im Büro ihres Mannes an und erfuhr, daß Mr. Ashby seit dem frühen Morgen nicht mehr da gewesen sei. Sie verlangte seinen Partner zu sprechen, aber der Partner konnte ihr auch nicht mehr sagen, da sein Zug aus der Vorstadt Verspätung gehabt hatte und er erst ins Büro gekommen war, nachdem Mr. Ashby kurz da gewesen und wieder gegangen war. Charlotte war verwirrt; dann beschloß sie, ihre Schwiegermutter anzurufen. Gewiß war Kenneth am Abend vor einer vierwöchigen Abwesenheit zu seiner Mutter gefahren. Es lag auf der Hand, daß er allerhand mit ihr zu besprechen hatte, schon allein deshalb, weil ja die Kinder – trotz seiner vagen Einwände – in die Obhut der alten Mrs. Ashby gegeben werden mußten. Unter anderen Umständen hätte Charlotte sich verletzt gefühlt, aus dieser Besprechung ausgeschlossen zu werden, aber nun zählte nichts anderes, als daß sie den Sieg davongetragen hatte, daß ihr Mann noch immer ihr gehörte und nicht einer anderen Frau. Vergnügt rief sie bei Mrs. Ashby an, hörte ihre freundliche Stimme und begann: »Nun, was sagst du zu unseren Fluchtplänen? Hat Kenneths Neuigkeit dich überrascht?«

Fast sofort, noch ehe Mrs. Ashby antworten konnte, wußte Charlotte, wie die Antwort lauten würde. Mrs. Ashby hatte ihren Sohn nicht gesehen, sie hatte auch nichts von ihm gehört und wußte überhaupt nicht, wovon ihre Schwiegertochter redete. Die Überraschung war so groß, daß Charlotte einen Augenblick stumm blieb. »Aber wo ist er dann gewesen?« dachte sie. Dann fing sie sich und erklärte Mrs. Ashby ihren plötzlichen Entschluß, und während sie sprach, kehrte langsam ihr Selbstvertrauen zurück, ihre Überzeugung, daß nichts je wieder zwischen sie und Kenneth treten konnte. Mrs. Ashby nahm die Neuigkeit ruhig und beifällig auf. Auch sie hatte gefunden, daß Kenneth einen gequälten und übermüdeten Eindruck mache, und teilte die Ansicht ihrer Schwiegertochter, daß in solchen Fällen eine Ortsveränderung die beste Medizin sei. »Ich bin immer so froh, wenn er verreist. Elsie haßte Reisen; immer hat sie irgendwelche Ausreden gefunden, um ihn am Wegfahren zu hindern. Bei dir ist das Gott sei Dank anders.« Mrs. Ashby war auch nicht überrascht, daß er keine Zeit gehabt hatte, sie von seiner Abreise in Kenntnis zu setzen. Er mußte viel zu tun gehabt haben, nachdem die Entscheidung gefallen war; aber sicher würde er vor dem Abendessen auf einen Sprung vorbeikommen. Mehr als fünf Minuten würden sie gewiß nicht brauchen, um das Nötige zu besprechen. »Ich hoffe, du wirst Kenneth im Lauf der Zeit von seiner Manie heilen, eine Frage, die mit ein paar Worten erledigt werden kann, immer wieder von neuem aufzurollen. Früher war er nie so, und wenn er bei seiner Arbeit auch so anfängt, wird er bald alle seine Klienten verlieren ... Ja, schau doch auf einen Sprung vorbei, meine Liebe, wenn du Zeit hast; sicher kommt er, während du da bist.« Der erfrischende Klang von Mrs. Ashbys Stimme schwebte noch beruhigend in dem stillen Raum, während Charlotte sich wieder ihren Vorbereitungen widmete.

Gegen sieben läutete das Telefon und sie stürzte zum Apparat. Endlich würde sie Bescheid wissen! Aber es war nur die gewissenhafte Sekretärin, die es für ihre Pflicht hielt, Charlotte, ehe das Büro schloß, wissen zu lassen, daß Mr. Ashby nicht zurückgekommen sei und auch nichts von sich habe hören lassen. »Ja, ja, ist schon in Ordnung. Vielen Dank!« sagte Charlotte fröhlich und hängte den Hörer mit zittriger Hand ein. Aber vielleicht, überlegte sie, war er inzwischen schon bei seiner Mutter. Sie schloß die Läden und Schränke, setzte sich den Hut auf, zog den Mantel an und telefonierte hinauf ins Kinderzimmer, um mitzuteilen, daß sie einen Augenblick weggehe, um die Großmutter der Kinder zu besuchen.

Mrs. Ashby wohnte gleich in der Nähe, und bei ihrem kurzen Gang durch die kalte Frühlingsabenddämmerung vermeinte Charlotte in jeder ihr entgegenkommenden Gestalt ihren Mann zu sehen. Aber sie begegnete ihm nicht, und als sie schließlich das Haus betrat, fand sie ihre Schwiegermutter allein vor. Kenneth hatte weder angerufen, noch war er gekommen. Die alte Mrs. Ashby saß neben ihrem hell lodernden Kaminfeuer, rasch und gleichmäßig bewegten sich die Stricknadeln in ihren regen alten Händen, und ihre bloße körperliche Gegenwart gab Charlotte ein Gefühl der Sicherheit. Ja, sicher war es merkwürdig, daß Kenneth für den ganzen Tag weggefahren war, ohne wenigstens eine von ihnen beiden davon in Kenntnis zu setzen; aber andererseits war damit zu rechnen gewesen. Ein vielbeschäftigter Anwalt hielt so viele Fäden in der Hand, daß jede plötzliche Programmänderung ihn dazu zwingen würde, allerhand unvorhergesehene Anordnungen zu treffen und Dinge zu regeln. Er konnte beispielsweise einen Klienten in einem Vorort aufgesucht haben und dort aufgehalten worden sein; seine Mutter erinnerte sich, daß er ihr einmal von Rechtsgeschäften für einen verschrobenen alten Klienten erzählt hatte, der völlig zurückgezogen irgendwo in New Jersey lebte und trotz seines immensen Reichtums zu geizig war, sich ein Telefon anzuschaffen. Höchstwahrscheinlich saß Kenneth dort fest.

Aber Charlotte fühlte ihre Nervosität wieder überhandnehmen. Als Mrs. Ashby sie fragte, um welche Zeit sie am kommenden Tag abreisen wollten, und sie antworten mußte, sie habe keine Ahnung – Kenneth hätte sie bloß wissen lassen, daß er ihre Überfahrten buchen würde –, brachten allein diese Worte ihr wieder die Merkwürdigkeit der Situation zu Bewußtsein. Sogar Mrs. Ashby gab zu, daß das seltsam sei, fügte aber sofort hinzu, daß es nur zeige, wieviel er auf dem Hals habe.

»Aber Mutter, es ist schon fast acht! Er muß sich doch klarmachen, daß ich wissen muß, wann wir morgen abfahren.«

»Oh, das Schiff läuft sicher nicht vor dem Abend aus. Manchmal müssen sie bis Mitternacht auf die Flut warten. Damit rechnet Kenneth wahrscheinlich. Er ist schließlich ein kluger Kopf.«

Charlotte erhob sich. »Das ist es nicht. Es ist ihm etwas zugestoßen.«

Mrs. Ashby nahm die Brille ab und rollte ihre Strickerei zusammen. »Wenn du anfängst, dir Dinge einzubilden –«

»Machst du dir denn überhaupt keine Sorgen?«

»Ich mache mir nie Sorgen, bevor ich muß. Würdest du bitte nach dem Abendessen klingeln, meine Liebe? Du bleibst doch hier zum Essen? Sicher kommt er auf seinem Heimweg hier vorbei.«

Charlotte rief bei sich zu Hause an. Nein, sagte das Mädchen, Mr. Ashby sei noch nicht heimgekommen und habe auch nicht angerufen. Sobald er heimkäme, würde sie ihm ausrichten, daß Mrs. Ashby bei seiner Mutter zum Abendessen geblieben sei. Charlotte folgte ihrer Schwiegermutter ins Speisezimmer und saß mit trockener Kehle vor ihrem leeren Teller, während Mrs. Ashby sich gelassen und mit Bedacht ihrer kleinen, aber sorgfältig zubereiteten Mahlzeit widmete. »Du solltest lieber etwas essen, Kind, sonst bist du bald in genauso schlechter Verfassung wie Kenneth . . . Ja, noch ein wenig Spargel bitte, Jane.«

Sie bestand darauf, daß Charlotte ein Glas Sherry trank und ein wenig Toast knabberte; dann kehrten sie zurück ins Wohnzimmer, wo das Feuer im Kamin neu angefacht und die Kissen in Mrs. Ashbys Lehnstuhl aufgeschüttelt und glattgestrichen worden waren. Welche Sicherheit und Vertrautheit hier alles ausstrahlte; und draußen, irgendwo in der Unsicherheit, im Geheimnis der Nacht, lauerte die Antwort auf die Vermutungen der beiden Frauen wie eine nebelhafte Gestalt, die auf der Türschwelle hockt.

Schließlich erhob Charlotte sich und sagte: »Ich werde mich jetzt lieber auf den Heimweg machen. Um diese Zeit geht Kenneth bestimmt direkt nach Hause.«

Mrs. Ashby lächelte nachsichtig. »Es ist noch nicht so spät, meine Liebe. Zwei Spatzen brauchen nicht lange für ihre Mahlzeit.«

»Es ist neun vorbei.« Charlotte neigte sich herab, um ihre Schwiegermutter zu küssen.

»Und um die Wahrheit zu sagen, ich kann nicht stillsitzen.«

Mrs. Ashby schob ihre Arbeit weg und legte die Hände auf die Stuhllehnen. »Ich begleite dich«, sagte sie und stemmte sich aus dem Stuhl hoch.

Charlotte erhob den Einwand, daß es zu spät sei, daß es nicht nötig sei, daß sie anrufen würde, sobald Kenneth heimkäme, aber Mrs. Ashby hatte bereits nach dem Mädchen geklingelt. Sie hinkte ein wenig und stützte sich auf ihren Stock, während ihr Mantel gebracht wurde. »Sollte Mr. Kenneth hierher kommen, sag ihm, daß ich bei ihm zu Hause bin«, wies sie das Mädchen an, während die beiden Frauen in das herbeigerufene Taxi stiegen. Während der kurzen Fahrt bedankte Charlotte sich im stillen dafür, daß sie nicht allein nach Hause zurückkehren mußte. Die bloße Tatsache von Mrs. Ashbys Nähe hatte etwas Warmes und Zuverlässiges, etwas, das dem klaren Blick ihrer Augen und der Frische ihrer glatten Haut entsprach. Als das Taxi anhielt, legte sie die Hand ermutigend auf Charlottes Hand. »Du wirst sehen, es ist sicher eine Nachricht da.«

Die Tür öffnete sich auf Charlottes Klingeln,

und die beiden traten ein. Charlottes Herz klopfte aufgeregt; die stimulierende Zuversicht ihrer Schwiegermutter begann auch ihre Venen zu durchströmen.

»Du wirst sehen – du wirst sehen«, wiederholte Mrs. Ashby.

Das Mädchen, das ihnen die Tür öffnete, sagte: nein, Mr. Ashby sei noch nicht zurückgekommen und es sei auch keine Nachricht von ihm da.

»Bist du sicher, daß das Telefon in Ordnung ist?« meinte seine Mutter, und das Mädchen sagte, nun ja, vor einer halben Stunde jedenfalls sei es noch in Ordnung gewesen; aber sie wolle gleich gehen und sich nochmals vergewissern. Sie verschwand, und Charlotte wandte sich um, um Hut und Mantel abzulegen. Dabei fiel ihr Blick auf den Tisch in der Halle, und da lag ein grauer Umschlag, auf dem in blassen Buchstaben der Name ihres Mannes stand. »Oh!« rief sie aus, während ihr plötzlich bewußt wurde, daß sie zum ersten Mal seit Monaten ihr Haus betreten hatte, ohne sich zu fragen, ob einer der grauen Umschläge dasein würde.

»Was ist, meine Liebe?« fragte Mrs. Ashby und sah sie überrascht an.

Charlotte antwortete nicht. Sie nahm den Umschlag an sich, stand da und starrte ihn an, als könne sie ihn mit ihrem Blick durchbohren, um zu seinem Inhalt vorzudringen. Dann kam ihr ein Gedanke. Sie wandte sich um und streckte ihrer Schwiegermutter den Umschlag hin.

»Kennst du diese Schrift?« fragte sie.

Mrs. Ashby griff nach dem Brief. Mit der anderen Hand suchte sie nach ihrer Brille, und als sie sie aufgesetzt hatte, hob sie den Umschlag ans Licht. »Na so was!« rief sie aus und hielt dann inne. Charlotte bemerkte, daß der Brief in ihrer sonst so festen Hand zitterte. »Aber der Brief ist an Kenneth adressiert«, sagte Mrs. Ashby endlich mit leiser Stimme. Ihr Ton schien anzudeuten, daß sie die Frage ihrer Schwiegertochter als etwas indiskret empfand.

»Ja, aber trotzdem«, sagte Charlotte mit plötzlicher Entschlossenheit. »Ich will es wissen – kennst du die Schrift?«

Mrs. Ashby gab ihr den Brief zurück. »Nein«, sagte sie sehr deutlich.

Die beiden Frauen hatten sich mittlerweile in die Bibliothek begeben. Charlotte drehte das Licht an und schloß die Tür. Immer noch hielt sie den Umschlag in der Hand.

»Ich werde ihn öffnen«, verkündete sie.

Sie fing den verblüfften Blick ihrer Schwiegermutter auf. »Aber meine Liebe – einen Brief, der nicht an dich adressiert ist? Das kannst du nicht, meine Liebe!«

»Als ob mir das nicht völlig gleichgültig wäre – jetzt!« Ihr fester Blick wich nicht von Mrs. Ashbys Gesicht. »Dieser Brief könnte mir sagen, wo Kenneth ist.«

Mrs. Ashbys rosige Frische wich einer plötzlichen Blässe; ihre prallen Wangen schienen zu schrumpfen und zu welken. »Wieso das? Wie kommst du darauf – das ist doch nicht –«

Charlotte hielt den Blick fest auf dieses veränderte Gesicht gerichtet. »Ah, du kennst die Schrift also doch?« schleuderte sie ihr entgegen.

»Die Schrift kennen? Wie sollte ich? Bei der vielen Korrespondenz, die mein Sohn hat ... Was ich weiß, ist nur –« Mrs. Ashby brach ab und sah ihre Schwiegertochter bittend, fast scheu an.

Charlotte packte sie am Handgelenk. »Mutter! Was weißt du? Sag es mir! Du mußt!«

»Alles, was ich weiß, ist, daß es noch nie zu etwas Gutem geführt hat, wenn eine Frau hin-

ter dem Rücken ihres Mannes seine Briefe öffnet.«
In Charlottes irritierten Ohren klangen die Worte flach wie eine Phrase aus einem moralischen Leitfaden. Sie lachte ungeduldig und ließ die Hand ihrer Schwiegermutter los. »Ist das alles? Dieser Brief kann zu nichts Gutem führen, geöffnet oder ungeöffnet. Das weiß ich nur zu genau. Aber was immer Schlimmes daraus werden kann, ich will jetzt herausfinden, was darin steht.« Ihr Hände hatten gezittert, als sie den Umschlag gehalten hatte, nun aber wurden sie ruhig, ebenso wie ihre Stimme. Immer noch blickte sie Mrs. Ashby fest in die Augen. »Das ist der neunte Brief mit dieser Handschrift, der seit unserer Hochzeit an Kenneth gekommen ist. Immer sind es die gleichen grauen Umschläge. Ich habe mitgezählt, weil er jedesmal nach der Ankunft eines solchen Briefes den Eindruck eines Menschen machte, der einen furchtbaren Schock erlitten hat. Er braucht Stunden, um die Wirkung dieser Briefe wieder abzuschütteln. Das habe ich ihm auch gesagt. Ich habe ihm gesagt, daß ich wissen muß, von wem sie kommen, weil ich deutlich sehe, daß sie ihn umbringen. Er will meine Fragen nicht

beantworten; er behauptet, daß er mir nichts sagen kann über diese Briefe; gestern abend jedoch hat er versprochen, mit mir wegzufahren – um ihnen zu entkommen.«

Mrs. Ashby war mit unsicheren Schritten auf einen der Lehnstühle zugegangen, setzte sich und ließ den Kopf auf die Brust sinken. »Ach«, murmelte sie.

»Du verstehst also –«

»Hat er wirklich gesagt, um ihnen zu entkommen?«

»Um zu entkommen, hat er gesagt – zu entkommen. Er hat dabei geschluchzt, so daß er kaum sprechen konnte. Aber ich habe ihm gesagt, ich wüßte, daß das der Grund sei.«

»Und wie hat er darauf reagiert?«

»Er hat mich in die Arme genommen und gesagt, er würde mit mir wegfahren, wohin ich wollte.«

»Ah, Gott sei Dank!« sagte Mrs. Ashby. Es folgte ein Schweigen, in dem sie weiterhin mit gesenktem Kopf dasaß, den Blick von ihrer Schwiegertochter abgewandt. Endlich sah sie auf. »Bist du sicher, daß es wirklich neun waren?«

»Ganz sicher. Das hier ist der neunte. Ich habe mitgezählt.«

»Und er hat sich strikt geweigert, dir eine Erklärung zu geben?«

»Strikt.«

»Wann ist der erste gekommen? Weißt du das noch?« fragte Mrs. Ashby mit blassen, verkniffenen Lippen.

Wiederum lachte Charlotte. »Ob ich das noch weiß? Der erste kam in der Nacht, als wir von unseren Flitterwochen heimkehrten.«

»Und seither immer wieder?« Mrs. Ashby hob den Kopf und sagte mit plötzlicher Energie: »Dann – ja, mach ihn auf.«

Die Worte kamen so unerwartet, daß Charlotte das Blut in den Schläfen pochen fühlte und ihre Hände wieder zu zittern begannen. Sie versuchte, den Finger unter die Umschlagklappe zu schieben, aber der Brief war so fest zugeklebt, daß sie auf dem Schreibtisch ihres Mannes nach seinem elfenbeinernen Brieföffner suchen mußte. Wie sie da in den vertrauten Dingen wühlte, die seine Hände vor kurzem noch berührt hatten, durchlief sie die eisige Kälte, die von den kleinen persönlichen Habseligkeiten eines kürzlich Verstorbenen ausgeht. In der tiefen Stille, die in dem Zimmer herrschte, klang das Reißen des Papiers, als sie den Umschlag aufschlitzte, wie ein menschlicher Schrei. Sie nahm den Briefbogen heraus und ging damit zur Lampe.

»Und?« fragte Mrs. Ashby fast lautlos.

Charlotte rührte sich nicht und antwortete nicht. Mit gerunzelten Brauen beugte sie sich über das Blatt und hob es näher und näher ans Licht. Es mußte wohl ein Schleier vor ihren Augen liegen, oder vielleicht blendete sie das von der glatten Oberfläche des Papiers reflektierte Lampenlicht, denn so sehr sie ihre Augen auch anstrengen mochte, sie konnte nur ein paar blasse Striche erkennen, so blaß und kraftlos, daß sie fast nicht zu entziffern waren.

»Ich kann es nicht lesen«, sagte sie.

»Was willst du damit sagen, meine Liebe?«

»Die Schrift ist zu undeutlich . . . warte.«

Sie ging zurück zum Tisch, setzte sich nahe an Kenneths Leselampe und schob den Brief unter ein Vergrößerungsglas. Die ganze Zeit über war ihr bewußt, daß ihre Schwiegermutter sie gespannt beobachtete.

»Nun?« hauchte Mrs. Ashby.

»Es wird nicht deutlicher. Ich kann es einfach nicht lesen.«

»Soll das heißen, daß das Blatt vollkommen leer ist?«

»Nein, nicht ganz. Es steht etwas darauf. Hier kann ich etwas wie ›meine‹ entziffern – oh, und ›komm‹. Es könnte heißen ›komm‹.«

Mrs. Ashby erhob sich abrupt. Ihr Gesicht war noch blasser als vorher. Sie ging hinüber zum Schreibtisch, stützte sich mit den Händen darauf und holte tief Atem. »Laß sehen«, sagte sie, als zwinge sie sich zu etwas, das ihr zutiefst verhaßt war.

Charlotte fühlte sich von der Blässe ihrer Schwiegermutter angesteckt. Sie weiß, dachte sie. Sie schob den Brief über den Tisch. Ihre Schwiegermutter neigte schweigend den Kopf darüber, ohne jedoch den Brief mit ihren bleichen, runzligen Händen zu berühren.

Charlotte stand da und beobachtete sie, genau wie vorhin sie von Mrs. Ashby beobachtet worden war, als sie den Brief zu lesen versucht hatte. Letztere suchte nach ihrer Brille, hielt sie an die Augen und beugte sich noch tiefer über das ausgebreitete Blatt, als wolle sie um jeden Preis vermeiden, es zu berühren. Das Licht der Lampe fiel direkt auf ihr altes Gesicht, und Charlotte überlegte, was für unbekannte Tiefen hinter den klarsten und offensten Zügen verborgen liegen mochten. Nie hatte sie im Gesicht ihrer Schwiegermutter etwas anderes gesehen als den Ausdruck einfacher, unkomplizierter Empfindungen – Herzlichkeit, Belustigung, freundliches Mitgefühl; hie und da ein Aufblitzen gesunden Zorns. Nun schien ein Ausdruck von Furcht und Haß darauf zu liegen, von ungläubigem Entsetzen und fast so etwas wie eine Mischung aus Unterwürfigkeit und Trotz. Es war, als hätten die Geister, die in ihr kämpften, ihr Gesicht zu einem Abbild ihrer eigenen Fratzen verzerrt. Endlich hob sie den Kopf. »Ich kann nicht – ich kann nicht«, sagte sie mit kummervoller Kinderstimme.

»Du kannst es auch nicht entziffern?«

Sie schüttelte den Kopf, und Charlotte sah zwei Tränen über ihre Wangen rollen.

»Obwohl dir die Schrift vertraut ist?« beharrte Charlotte mit verkniffenen Lippen.

Mrs. Ashby nahm die Herausforderung nicht an. »Ich kann überhaupt nichts entziffern – nichts.«

»Aber die Schrift kennst du doch?«

Mrs. Ashby hob verschüchtert den Kopf; voller Besorgnis huschte der Blick ihrer angstvollen

Augen durch das stille, vertraute Zimmer.
»Wie soll ich das wissen? Zuerst war ich verblüfft ...«
»Verblüfft über die Ähnlichkeit?«
»Nun ja, ich dachte –«
»Du solltest es besser aussprechen, Mutter! Du hast sofort gewußt, daß es *ihre* Handschrift ist?«
»Oh, warte, meine Liebe – warte.«
»Worauf?«
Mrs. Ashby blickte auf; ihr Blick wanderte langsam an Charlotte vorbei und hob sich zu der leeren Wand hinter dem Schreibtisch ihres Sohnes.
Charlotte, deren Augen ihrem Blick folgten, brach in ein schrilles anklagendes Lachen aus. »Ich brauche nicht mehr zu warten! Ich habe deine Antwort schon! Du schaust genau auf die Wand, wo früher ihr Bild hing.«
Mit einer gemurmelten Warnung hob Mrs. Ashby die Hand. »Schsch –«
»Oh, glaub bloß nicht, daß mich je wieder etwas erschrecken kann!« rief Charlotte aus.
Ihre Schwiegermutter stützte sich immer noch auf den Schreibtisch. Verzagt bewegten sich ihre Lippen. »Wir schnappen über – wir

schnappen alle zwei über. Wir wissen doch beide, daß so etwas unmöglich ist.«

Ihre Schwiegertochter betrachtete sie mit mitleidvollem Blick. »Ich weiß schon seit langem, daß alles möglich ist.«

»Sogar das?«

»Ja, genau das.«

»Aber dieser Brief – schließlich und endlich, es steht nichts in diesem Brief –«

»Für ihn vielleicht schon. Woher soll ich das wissen? Ich erinnere mich, daß er einmal zu mir gesagt hat, wenn man eine Handschrift gut kennt, wäre jeder Strich davon lesbar, und sei er noch so kraftlos. Jetzt verstehe ich, was er gemeint hat. Er *hat* diese Handschrift gut gekannt.«

»Aber die paar Striche, die ich ausmachen kann, sind so blaß. Diesen Brief kann doch kein Mensch entziffern.«

Charlotte lachte abermals. »An einem Geist ist wohl alles blaß, nehme ich an«, sagte sie schneidend.

»Oh, mein Kind – mein Kind – sag so etwas nicht!«

»Warum soll ich es nicht sagen, wenn sogar die nackten Wände es herausschreien? Was macht es schon aus, wenn ihre Briefe unleserlich sind für dich und mich? Wenn sogar du ihr Gesicht auf dieser nackten Wand sehen kannst, warum sollte er dann nicht ihre Schrift auf diesem nackten Blatt Papier lesen können? Siehst du denn nicht, daß sie überall in diesem Haus ist, und ihm um so näher, als sie für alle anderen unsichtbar geworden ist?« Charlotte ließ sich in einen Stuhl fallen und bedeckte das Gesicht mit den Händen. Ein wildes Schluchzen schüttelte ihren Körper von oben bis unten. Endlich ließ eine leichte Berührung ihrer Schulter sie aufblicken, und sie sah, wie ihre Schwiegermutter sich über sie neigte. Mrs. Ashbys Gesicht schien noch kleiner geworden zu sein, noch verschrumpelter, aber es trug wieder den gewohnten ruhigen Ausdruck . Durch all das Toben ihrer Qual hindurch fühlte Charlotte die Kraft dieses resoluten Geistes.

»Morgen – morgen. Du wirst sehen. Morgen gibt es sicher irgendeine Erklärung dafür.«

Charlotte fiel ihr ins Wort. »Eine Erklärung? Wer sollte uns eine Erklärung geben, möchte ich wissen?«

Mrs. Ashby wich zurück und richtete sich heroisch auf. »Kenneth selbst«, rief sie mit lauter

Stimme aus. Charlotte schwieg, und die alte Frau fuhr fort: »Inzwischen aber müssen wir etwas unternehmen; wir müssen die Polizei verständigen. Sofort, unverzüglich. Wir müssen alles tun – alles.«

Langsam und steif erhob Charlotte sich; ihre Glieder waren verkrampft wie bei einer alten Frau. »Als ob wir daran glauben würden, daß es einen Sinn hat, etwas zu unternehmen?«

Resolut rief Mrs. Ashby aus: »Ja!«, und Charlotte ging zum Telefon und hob den Hörer ab.